不要讓恐懼限制你，
你比自己想的還要**勇敢**！

和凱蒂一起，在月光下
展開**精采冒險**！

獻給亨利，以及他最愛的貓咪馬克斯和伊薇。——P.H.

獻給最棒的搭檔，克萊兒和莉茲！——J.L.

超能凱蒂出任務 ⑤ 燈籠慶典怪盜
Kitty and the Great Lantern Race

文｜寶拉‧哈里森 Paula Harrison　圖｜珍妮‧洛芙莉 Jenny Løvlie　譯｜藍依勤

字畝文化創意有限公司

社長兼總編輯｜馮季眉

責任編輯｜戴鈺娟　美術設計｜蕭雅慧

出版｜字畝文化／遠足文化事業股份有限公司
發行｜遠足文化事業股份有限公司（讀書共和國出版集團）
地址｜231 新北市新店區民權路108-2號9樓
電話｜(02) 2218-1417
傳真｜(02) 8667-1065
電子信箱｜service@bookrep.com.tw
網路書店｜www.bookrep.com.tw
團體訂購請洽業務部 (02) 2218-1417　分機1124
法律顧問｜華洋法律事務所　蘇文生律師
印製｜中原造像股份有限公司

2024年5月　初版一刷
定價｜320元　書號｜XBSY0074
ISBN｜978-626-7365-65-6
EISBN｜9786267365557（EPUB）　9786267365540（PDF）
特別聲明：有關本書中的言論內容，不代表本公司／出版集團之立場與意見，文責由作者自行承擔。

國家圖書館出版品預行編目(CIP)資料

超能凱蒂出任務. 5, 燈籠慶典怪盜/寶拉.哈里森(Paula Harrison)文；
珍妮.洛芙莉(Jenny Løvlie)圖；藍依勤譯. -- 初版. -- 新北市：
字畝文化出版：遠足文化事業股份有限公司發行, 2024.05
128　面；14.8 × 21　公分
譯自：Kitty and the great lantern race
ISBN 978-626-7365-65-6（平裝）

873.596　　　　　　　　　　　　　　113000237

超能凱蒂
Kitty 出任務 5
燈籠慶典怪盜

文／寶拉·哈里森 Paula Harrison
圖／珍妮·洛芙莉 Jenny Løvlie
譯／藍依勤

凱蒂
和她的貓咪夥伴

凱蒂

凱蒂天生有著特殊的貓咪超能力，
可是，她準備好跟媽媽一樣，成為超能英雄了嗎？

還好，凱蒂身邊有一群貓咪夥伴
對她信心滿滿，
讓她充分發揮英雄潛力！

小南瓜

流浪小橘貓，
總是全心全意跟隨凱蒂。

費加洛

黑白貓費加洛活力十足，
對城市的街道巷弄瞭若指掌，
隨時都能展開探險。

美美

虎斑貓美美優雅端莊，見多識廣。
一發現有什麼不對勁，
就會馬上連絡凱蒂。

皮皮

小白貓皮皮擅長發現問題，
想像力也超豐富！

1

凱蒂剪下了兩片尖尖的貓耳朵，小心的貼在她的紙燈籠上。

她面帶微笑，將燈籠舉了起來。

明天晚上，整個哈倫市將舉行一場「光之慶典」。

居時會有一場穿越市區街道的盛大遊行，慶典尾聲還會有美麗的煙火表演做為高潮。

教室裡的孩子們正忙著製作各式各樣的燈籠，每個燈籠裡都會放置一個燭光形狀的燈泡。

凱蒂迫不及待想看到這些燈籠，像閃爍的星星般，在黑暗中發出光芒。

她用黑色和白色的紙做出一張貓臉，還用黑色吸管做成長長的鬍鬚，讓她的燈籠看起來有一點像她的貓咪夥伴費加洛！

凱蒂選擇製作貓咪燈籠，其實有一個特別的原因——她擁有不可思議的貓咪超能力，而且正在接受成為真正超能英雄的訓練。她經常在月光下跟她的貓咪夥伴一起冒險，在城市的屋頂之間跳躍，解救需要幫助的人和動物。

凱蒂喜歡超能力在她體內流竄的感覺，她也喜歡和她的貓咪朋友聚在一起，尤其是胖嘟嘟的小橘貓「小南瓜」，他每晚都和凱蒂睡在一塊兒。

坐在凱蒂
對面的艾蜜
莉輕輕拍了拍
凱蒂的手臂，
「凱蒂，你看！
你覺得我的燈籠
怎麼樣？」

她向凱蒂展示了她的蝴蝶
燈籠，上面黏有一對鑲著銀
邊的亮紫色翅膀，還有細細
的綠色觸角。

「太漂亮了！」凱蒂欽佩的
說。

「真希望明天趕快來，燈籠遊行一定會很精采的。我爸媽和莎拉姑姑，都會來看我們的遊行。」艾蜜莉露出大大的笑容。

凱蒂突然有點失落，因為她想起她的爸爸、媽媽都無法到場——她的媽媽也是一名超能英雄，她因為有任務而不能前來；爸爸則需要待在家裡，照顧凱蒂年幼的弟弟麥克斯。

但至少她能和學校的朋友在一起，或許她的那些貓咪夥伴也會來觀賞遊行！

「一定會很棒的！」凱蒂贊同的說：「真好奇今年會是誰贏得獎品？」

「希望是我們班上的人！」艾蜜莉說。

哈倫市內所有學校都會參加燈籠遊行，遊行的最後會選出最佳燈籠，頒發獎品。今年的獎品是一頂華麗的皇冠，上面裝飾著一顆亮晶晶的金色星星。

　　凱蒂的班導師菲利普斯老師在班上展示過這頂皇冠，它被放在教室前方的桌子上，在陽光下閃閃發光。

親眼看過這頂美麗的皇冠後，同學們在製作自己的燈籠時，都變得更加用心了。

這時，菲利普斯老師拍了拍手，「大家的燈籠看起來都非常棒！你們今天可以把燈籠帶回家，但不要忘記明天晚上把它們帶到慶典現場喔。」

凱蒂笑著握住燈籠的提把，她等不及要向家人和所有貓咪夥伴，展示她的燈籠了。

黑夜降臨後，凱蒂打開了燈籠內的燈泡，將它放在她房間的窗臺上。

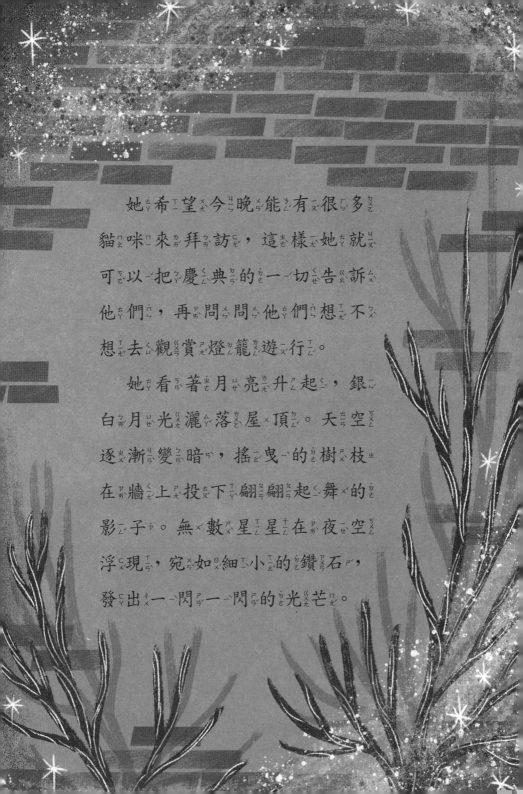

　　她希望今晚能有很多貓咪來拜訪，這樣她就可以把慶典的一切告訴他們，再問問他們想不想去觀賞燈籠遊行。

　　她看著月亮升起，銀白月光灑落屋頂。天空逐漸變暗，搖曳的樹枝在牆上投下翩翩起舞的影子。無數星星在夜空浮現，宛如細小的鑽石，發出一閃一閃的光芒。

蜷縮在凱蒂床上的小南瓜把嘴巴張得大大的，打了個哈欠，「凱蒂，你不累嗎？」

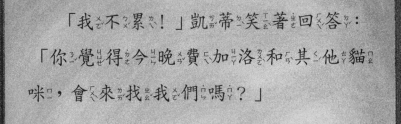

「我不累！」凱蒂笑著回答：
「你覺得今晚費加洛和其他貓咪，會來找我們嗎？」

　　小南瓜伸了個懶腰，跳上窗臺，待在凱蒂身邊。他用鼻子輕輕蹭了蹭凱蒂的手臂，然後凝視著外面的黑暗。「好像沒有他們會出現的跡象……等等！那個煙囪上是不是有什麼東西？」

　　凱蒂將窗戶稍微打開，夜風吹動著窗簾。她的貓咪超能力迅速在體內流動，讓她的皮膚一陣發麻。

　　她發揮她的超能聽力，突然間，一切變得清晰銳利——不管是車輛呼嘯而過的聲音，或是一隻小飛蛾在路燈旁輕輕拍打翅膀的聲音，任何微小的聲響都逃不過她的耳朵。

　　她接著將注意力轉向遠處的屋頂，發現一隻臉和爪子都是白色的黑貓，輕快的在屋脊上跳躍；而跑在他前方的，是一隻有著明亮綠眼睛的長毛白貓。

「費加洛和皮皮來了！」凱蒂告訴小南瓜，小橘貓的尾巴興奮的甩動著。

「凱蒂，晚安！」抵達窗臺的費加洛大聲問候，「哇，那個燈籠真漂亮，是你自己做的嗎？」

「對，是我做的！因為明天是光之慶典。」凱蒂跟他們說了燈籠遊行和煙火的事，「我希望你們能到附近的屋頂，來看我參加遊行。」

「我不知道會有煙火耶。」小南瓜顫抖著，用前掌碰了碰自己的臉頰，「也許我留在這裡比較好……」

「我也不喜歡煙火，它們會發出恐怖的巨大轟隆聲！」皮皮附和：「小南瓜，別擔心，我會留下來照顧你的。」

「煙火確實是『喵魘』！」費加洛摸了摸鬍鬚，「或許我也該留在這裡。凱蒂，但我希望你在遊行中玩得愉快，也許你的燈籠會贏得那個很棒的獎品！」

凱蒂把失望的情緒嚥了下去，她不該忘記大多數的貓都不喜歡煙火。

不過這樣一來，至少明天小南瓜就有朋友陪在身邊照顧他了。

「等我回來後，會跟你們分享所有事情的。」她承諾：「我相信那會是個令人難忘的夜晚！」

隔˙天ㄊㄧㄢ傍ㄅㄤ晚ㄨㄢˇ，興ㄒㄧㄥ奮ㄈㄣˋ不ㄅㄨˋ已ㄧˇ的˙凱ㄎㄞˇ蒂ㄉㄧˋ跟ㄍㄣ
朋ㄆㄥˊ友ㄧㄡˇ們˙一ㄧ起ㄑㄧˇ加ㄐㄧㄚ入ㄖㄨˋ了˙遊ㄧㄡˊ行ㄒㄧㄥˊ隊ㄉㄨㄟˋ伍ㄨˇ。

明ㄇㄧㄥˊ亮ㄌㄧㄤˋ的˙滿ㄇㄢˇ月ㄩㄝˋ高ㄍㄠ掛ㄍㄨㄚˋ夜ㄧㄝˋ空ㄎㄨㄥ，街ㄐㄧㄝ上ㄕㄤˋ擠ㄐㄧˇ
滿ㄇㄢˇ了˙人ㄖㄣˊ。

長ㄔㄤˊ長ㄔㄤˊ的˙金ㄐㄧㄣ色ㄙㄜˋ和ㄏㄜˊ紅ㄏㄨㄥˊ色ㄙㄜˋ彩ㄘㄞˇ帶ㄉㄞˋ，懸ㄒㄩㄢˊ掛ㄍㄨㄚˋ
在ㄗㄞˋ路ㄌㄨˋ燈ㄉㄥ燈ㄉㄥ柱ㄓㄨˋ之ㄓ間ㄐㄧㄢ。從ㄘㄨㄥˊ樹ㄕㄨˋ上ㄕㄤˋ垂ㄔㄨㄟˊ掛ㄍㄨㄚˋ下ㄒㄧㄚˋ

來ㄌㄞˊ的ㄉㄜ˙燈ㄉㄥ泡ㄆㄠˋ，就ㄐㄧㄡˋ像ㄒㄧㄤˋ是ㄕˋ一ㄧ顆ㄎㄜ顆ㄎㄜ神ㄕㄣˊ奇ㄑㄧˊ的ㄉㄜ˙金ㄐㄧㄣ色ㄙㄜˋ水ㄕㄨㄟˇ果ㄍㄨㄛˇ。

一ㄧ陣ㄓㄣˋ寒ㄏㄢˊ冷ㄌㄥˇ的ㄉㄜ˙微ㄨㄟ風ㄈㄥ輕ㄑㄧㄥ輕ㄑㄧㄥ吹ㄔㄨㄟ過ㄍㄨㄛˋ街ㄐㄧㄝ道ㄉㄠˋ，凱ㄎㄞˇ蒂ㄉㄧˋ把ㄅㄚˇ外ㄨㄞˋ套ㄊㄠˋ的ㄉㄜ˙拉ㄌㄚ鍊ㄌㄧㄢˋ緊ㄐㄧㄣˇ緊ㄐㄧㄣˇ拉ㄌㄚ上ㄕㄤˋ。

艾ㄞˋ蜜ㄇㄧˋ莉ㄌㄧˋ挽ㄨㄢˇ著ㄓㄜ˙凱ㄎㄞˇ蒂ㄉㄧˋ的ㄉㄜ˙手ㄕㄡˇ，「這ㄓㄜˋ裡ㄌㄧˇ人ㄖㄣˊ好ㄏㄠˇ多ㄉㄨㄛ喔ㄛ˙！你ㄋㄧˇ看ㄎㄢˋ這ㄓㄜˋ些ㄒㄧㄝ燈ㄉㄥ籠ㄌㄨㄥˊ。」

凱ㄎㄞˇ蒂ㄉㄧˋ發ㄈㄚ現ㄒㄧㄢˋ了ㄌㄜ˙一ㄧ個ㄍㄜˋ火ㄏㄨㄛˇ車ㄔㄜ造ㄗㄠˋ型ㄒㄧㄥˊ的ㄉㄜ˙燈ㄉㄥ籠ㄌㄨㄥˊ，還ㄏㄞˊ有ㄧㄡˇ一ㄧ個ㄍㄜˋ特ㄊㄜˋ角ㄐㄧㄠˇ閃ㄕㄢˇ閃ㄕㄢˇ發ㄈㄚ亮ㄌㄧㄤˋ的ㄉㄜ˙獨ㄉㄨˊ角ㄐㄧㄠˇ獸ㄕㄡˋ燈ㄉㄥ籠ㄌㄨㄥˊ。

「有好多不一樣的燈籠喔！
但我還是覺得你的蝴蝶燈籠最
棒。」凱蒂對著艾蜜莉微笑。

遊行即將開始，菲利普斯老
師召集大家集合，每個人都點
亮了自己的燈籠，跟著隊伍一起

前ㄑㄧㄢ行ㄒㄧㄥ。

　　他ㄊㄚ們ㄇㄣ手ㄕㄡ中ㄓㄨㄥ的ㄉㄜ燈ㄉㄥ龍ㄌㄨㄥ搖ㄧㄠ搖ㄧㄠ晃ㄏㄨㄤ晃ㄏㄨㄤ，整ㄓㄥ個ㄍㄜ隊ㄉㄨㄟ伍ㄨˇ彷ㄈㄤ彿ㄈㄨˊ一ㄧ條ㄊㄧㄠˊ閃ㄕㄢˇ亮ㄌㄧㄤˋ的ㄉㄜ巨ㄐㄩˋ大ㄉㄚˋ毛ㄇㄠˊ毛ㄇㄠˊ蟲ㄔㄨㄥˊ。

　　觀ㄍㄨㄢ眾ㄓㄨㄥˋ站ㄓㄢˋ在ㄗㄞˋ街ㄐㄧㄝ道ㄉㄠˋ兩ㄌㄧㄤˇ邊ㄅㄧㄢ，為ㄨㄟˋ孩ㄏㄞˊ子ㄗˇ們ㄇㄣ鼓ㄍㄨˇ掌ㄓㄤˇ喝ㄏㄜ采ㄘㄞˇ。

凱蒂的臉上滿是笑容，能夠參與這麼壯觀的慶典，真是太棒了！

她仔細觀察周遭的一切，想在回家後，好好的跟小南瓜、皮皮還有費加洛，分享所有事情。

突然間，附近的屋頂上有個動靜，引起了她的注意。她抬頭一看，瞥見一個黑色的身影迅速掠過煙囪，一旁的衛星天線反射出了月光。

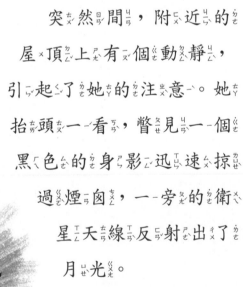

　　就在凱蒂再次看向屋頂時，
那個身影已經消失無蹤了。

　　遊行繼續前進，來到了一個
轉彎處，燈柱上的彩帶在微風
中飄揚著。

　　「我的手錶不見了！」就在這
時，人群中有一個男子突然大喊。

　　一位頭髮灰白的男士驚訝的
盯著自己的手腕看，他先是檢查
了口袋，接著查看腳邊的地面。

「我的手錶呢？」他喊道：
「我感覺到有個東西掃過我的手腕，然後我的手錶就不見了！」

「也許是錶帶斷了，掉下去

了？」一旁的男子問。

那位灰髮男士用力的搖了搖頭，「不，我很確定不是！那只手錶是我上個星期才剛買的，錶帶非常堅固。我真搞不懂怎麼會這樣！」

凱蒂皺起眉頭。手錶會這樣莫名其妙的消失，確實很古怪。

隨著遊行繼續前進，她仔細盯著人群。她的夜視超能力讓她能在黑暗中，察覺每個微小的動靜；她也運用超能聽力，專注傾聽任何不尋常的聲音。

接著，她瞥見一個模糊的黑影，從一家店鋪的門口一閃而逝。

凱蒂試著追蹤這個影子的動向，但它似乎融入到了人群之中。片刻之後，一名穿著毛茸茸白色外套的女子，發出了一聲驚恐的尖叫：「我的紅寶石項鍊不見了！」

凱蒂急忙穿過人群，她問那位女士：「發生什麼事了？會不會是掉了呢？」

「我想不太可能。」女士緊抓著自己的脖子，「我剛剛感覺有

某個東西……好像有一撮毛髮
從我的脖子上輕輕掠過，
然後我低頭一看，就發現
我寶貴的紅寶石項鍊不
見了！」

「那條項鍊是我先生在我們結婚時送給我的，對我來說非常珍貴。」她眼眶泛淚的說：「是誰做出這麼可怕的事情？」

凱蒂緊緊握著她的燈籠。

這兩件事情有些可疑，手錶和紅寶石項鍊突然間都不翼而飛，她覺得不太可能只是偶然。不過是誰拿走了它們，又是怎麼辦到的呢？

凱蒂渴望自己能幫上忙，畢竟她正在接受成為超能英雄的訓練！

但，這會是個好主意嗎？

一股緊張感突然湧向她，凱蒂不安極了。

小南瓜和其他貓咪夥伴都待在家裡，所以這次她得獨自追查失蹤的手錶和項鍊的下落。

她一個人有辦法應付得了這一切嗎？

凱蒂做了個深呼吸，現在正是她的超能力派上用場的時候，必須想出辦法才行！

她想起媽媽在她第一次出任務前對她說的話：「不要讓恐懼限制你，你比自己想的還要勇敢！」

沒錯，她只要盡力而為就好！

凱蒂於是匆匆回到艾蜜莉的身邊。「有位女士的項鍊不見了，我得去幫忙。」她對艾蜜莉說：「你可以幫我保管一下燈籠嗎？」

「當然可以！」艾蜜莉接過凱蒂的貓咪燈籠，「不過你不會有事吧？」

凱蒂露出了一個充滿勇氣的微笑，「別擔心！我四處去查看一下，看看能找出什麼線索。」

「祝你好運！」艾蜜莉說。

凱蒂接著悄悄離開人群，沒入了陰影之中。

她躲到一棵樹後面，脫下外套，露出了她的超能英雄裝，斗篷隨夜風飄揚著。

凱蒂很慶幸自己今晚在出門前，穿上了這套裝扮，未雨綢繆準沒錯！

最後，她拿出放在口袋裡的英雄面罩戴上，在黑暗中四處張望。

她剛剛看到的黑影，是否就跟失蹤的手錶和項鍊有關？凱蒂並不確定，但如果她猜的沒錯，也許是有人趁大家忙著觀賞燈籠遊行時偷東西。

若真是這樣，那個人肯定非常狡猾，才能在人群中穿梭，而完全不被發現。

她必須在更多貴重物品被偷走之前阻止他。凱蒂覺得身體裡湧出一股力量。

她迅速跑向一盞路燈，爬上燈柱，好看得更清楚一點。

從這個角度，她可以俯瞰人群——遊行繼續前進，幾十個燈籠在黑暗中上下搖晃；觀眾繼續鼓掌，紅色和金色的彩帶依然在風中舞動著。

凱蒂皺起眉頭。

那個奇怪的身影到哪去了？

突然間，她發現有雙琥珀色的眼睛，正從對街的郵筒後方盯著她看，穿過黑色面具散發出來的敏銳眼神，有一股藏不住的淘氣。

凱蒂還來不及看得更清楚一些，那模糊的身影就開始移動、穿過人群，靈活的繞過一根根路燈。

凱蒂全身一陣發麻，她直覺自己剛剛找到了珠寶怪盜！

3

凱ㄎㄞˇ蒂ㄉㄧˋ跳ㄊㄧㄠˋ下ㄒㄧㄚˋ燈ㄉㄥ柱ㄓㄨˋ，輕ㄑㄧㄥ巧ㄑㄧㄠˇ的ㄉㄜ落ㄌㄨㄛˋ在ㄗㄞˋ人ㄖㄣˊ行ㄒㄧㄥ道ㄉㄠˋ上ㄕㄤˋ。

逃ㄊㄠˊ跑ㄆㄠˇ的ㄉㄜ怪ㄍㄨㄞˋ盜ㄉㄠˋ穿ㄔㄨㄢ越ㄩㄝˋ人ㄖㄣˊ群ㄑㄩㄣˊ、跳ㄊㄧㄠˋ過ㄍㄨㄛˋ垃ㄌㄜ圾ㄙㄜ箱ㄒㄧㄤ時ㄕˊ，凱ㄎㄞˇ蒂ㄉㄧˋ也ㄧㄝˇ在ㄗㄞˋ街ㄐㄧㄝ上ㄕㄤˋ拼ㄆㄧㄣ命ㄇㄧㄥˋ追ㄓㄨㄟ趕ㄍㄢˇ著ㄓㄜ，超ㄔㄠ能ㄋㄥˊ力ㄌㄧˋ在ㄗㄞˋ她ㄊㄚ的ㄉㄜ體ㄊㄧˇ內ㄋㄟˋ流ㄌㄧㄡˊ竄ㄘㄨㄢˋ。

儘ㄐㄧㄣˇ管ㄍㄨㄢˇ怪ㄍㄨㄞˋ盜ㄉㄠˋ跟ㄍㄣ她ㄊㄚ之ㄓ間ㄐㄧㄢ還ㄏㄞˊ有ㄧㄡˇ一ㄧ段ㄉㄨㄢˋ距ㄐㄩˋ

離，但凱蒂確信自己一定能追上。

怪盜窺看四周，眼中閃著光芒，看到緊追不放的凱蒂，竟然還笑了起來，接著便迅速混入人群，再次從一名女士手中搶走了手提包，然後躲到另一根路燈後面。

那位女士抓住自己的肩膀，驚慌得到處張望。

「喂！」凱蒂大喊：「快把包包還來！」但怪盜對凱蒂的呼喊絲毫不理會。

那個怪盜就像難以捕捉的影子，先是消失在人群中，不久後又再次出現在對面的街道上。

凱蒂跑得更快了，她跳上一張長椅，抓住一根樹枝，利用它擺盪到馬路對面。她平穩的著地，繼續奔跑。

在ㄗㄞ她ㄊㄚ前ㄑㄧㄢ方ㄈㄤ的ㄉㄜ怪ㄍㄨㄞ盜ㄉㄠ閃ㄕㄢ過ㄍㄨㄛ了ㄌㄜ一ㄧ個ㄍㄜ
垃ㄌㄜ圾ㄙㄜ箱ㄒㄧㄤ，接ㄐㄧㄝ著ㄓㄜ躲ㄉㄨㄛ到ㄉㄠ一ㄧ群ㄑㄩㄣ人ㄖㄣ後ㄏㄡ面ㄇㄧㄢ，
再ㄗㄞ度ㄉㄨ消ㄒㄧㄠ失ㄕ了ㄌㄜ。

　　凱蒂拼命環視四周，隨即感覺到頭頂上有東西在移動。她發現怪盜已經爬上了一根長長的排水管，沿著房子的一側往上攀爬。

　　怪盜躍上屋頂，得意的向凱蒂晃了晃手提包，以及脖子上一串閃爍著光芒的紅寶石，接著快速穿越屋頂，跟著燈籠遊

行繼續前進。

　這個怪盜不但身形非常嬌小、行動敏捷，感覺相當習慣在高處活動，而且顯然毫不在意自己偷走了多少人的東西。

　凱蒂也靈活的爬上排水管，她下定決心，一定要在整個慶典被破壞之前抓住怪盜。

冰冷的風在屋頂上呼嘯而過，凱蒂的斗篷跟著翻騰起來。她輕盈的沿著屋脊奔跑，跟著怪盜在房屋之間的狹窄間隙跳躍。

下方的遊行繼續進行著，街道上充滿了各種喧鬧聲和笑聲，讓在屋頂上的凱蒂覺得非常孤單。

她想起了朋友們曾經幫助她、鼓勵她的種種時刻，她多希望現在能有費加洛、皮皮，或任何一隻貓咪夥伴陪伴在她身邊。

她深吸了一口氣。一定有辦法可以智取這個壞蛋！

　　怪盜可能正計畫俯衝到街上，搶走更多人的東西。也許她可以走捷徑先到前面埋伏，等怪盜一回到屋頂，就一把抓住他。

　　凱蒂於是躲到煙囪旁邊，一確定怪盜沒有留意，便沿著窗臺爬到地面上。她沿著街道狂奔，在稍遠一些的地方，再次爬上了屋頂。

　　如果這樣行得通，她就能夠出其不意的捉住怪盜了！

凱蒂俯視著人群，期待看到那個神祕的身影。

觀看遊行的觀眾持續鼓掌，人們的聲音從下方的街道傳了上來。凱蒂還瞥見了拿著蝴蝶和貓咪燈籠的艾蜜莉。

她站在屋頂邊緣，一邊監視一邊等待。

遊行隊伍正朝著街道盡頭一個明亮的舞臺移動，哈倫市的市長正穿著她最漂亮的服裝，在那裡等著大家。

　　凱ㄎㄞˇ蒂ㄉㄧˋ運ㄩㄣˋ用ㄩㄥˋ她ㄊㄚ的ㄉㄜ˙超ㄔㄠ能ㄋㄥˊ夜ㄧㄝˋ視ㄕˋ力ㄌㄧˋ
更ㄍㄥˋ仔ㄗˇ細ㄒㄧˋ的ㄉㄜ˙觀ㄍㄨㄢ察ㄔㄚˊ，看ㄎㄢˋ到ㄉㄠˋ市ㄕˋ長ㄓㄤˇ手ㄕㄡˇ上ㄕㄤˋ
正ㄓㄥˋ拿ㄋㄚˊ著ㄓㄜ˙最ㄗㄨㄟˋ佳ㄐㄧㄚ燈ㄉㄥ籠ㄌㄨㄥˊ的ㄉㄜ˙獎ㄐㄧㄤˇ品ㄆㄧㄣˇ，那ㄋㄚˋ頂ㄉㄧㄥˇ
金ㄐㄧㄣ色ㄙㄜˋ皇ㄏㄨㄤˊ冠ㄍㄨㄢ上ㄕㄤˋ的ㄉㄜ˙美ㄇㄟˇ麗ㄌㄧˋ星ㄒㄧㄥ星ㄒㄧㄥ裝ㄓㄨㄤ飾ㄕˋ，
在ㄗㄞˋ燈ㄉㄥ光ㄍㄨㄤ下ㄒㄧㄚˋ閃ㄕㄢˇ閃ㄕㄢˇ發ㄈㄚ光ㄍㄨㄤ。

遊行結束後，將進行一個特別的典禮來頒發這項獎品。

這時，一個影子在一座緊挨著舞臺的屋頂上移動。凱蒂一陣驚慌，怪盜是如何在她沒有察覺的情況下，走這麼遠的？

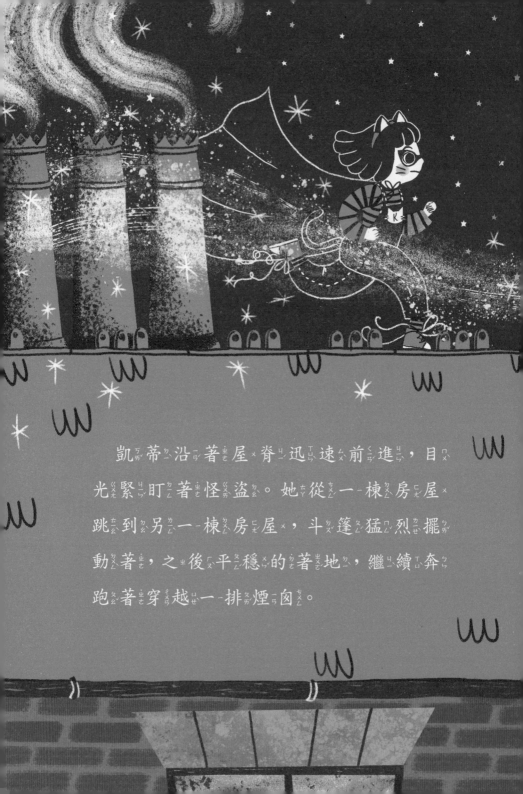

　　凱蒂沿著屋脊迅速前進，目光緊盯著怪盜。她從一棟房屋跳到另一棟房屋，斗篷猛烈擺動著，之後平穩的著地，繼續奔跑著穿越一排煙囪。

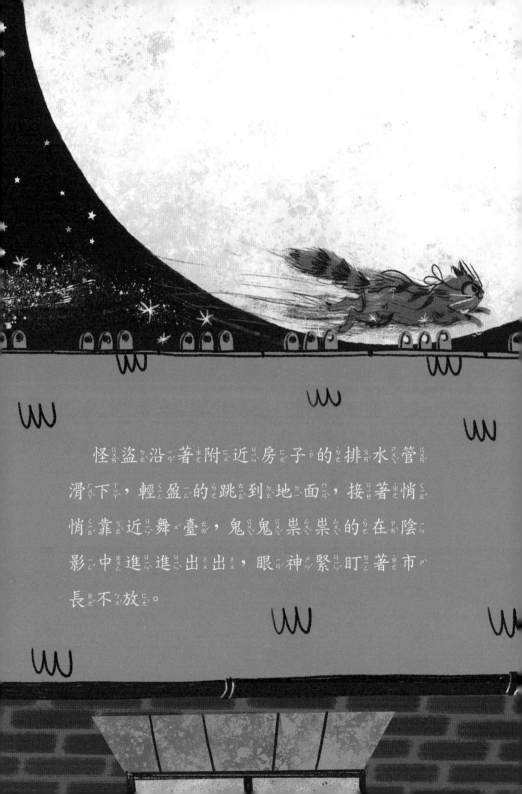

怪盜沿著附近房子的排水管滑下，輕盈的跳到地面，接著悄悄靠近舞臺，鬼鬼祟祟的在陰影中進進出出，眼神緊盯著市長不放。

每個觀眾都專注的對著遊行隊伍裡的孩子們微笑，沒有人看見那個正朝著舞臺靠近的黑影。

凱蒂心一沉，怪盜一定是在打那頂金色皇冠的主意！

憑藉著一股爆發出來的能量，她跑得比任何時候都還要快，風從耳邊呼嘯而過，斗篷在身後飄揚。

凱蒂跳過一座又一座屋頂，最後也跟著沿著排水管滑到地面。

悄悄靠近舞臺時，怪盜銳利的琥珀色眼睛發現了站在人群外圍的凱蒂，便笑了起來。

「住手！」凱蒂大喊：「你不能偷走那個獎品，你會毀了整個慶典！」但她的聲音被人群的掌聲和歡呼聲完全淹沒了。

怪盜躡手躡腳的走到市長背後，就在這個瞬間，那模糊的身影變得清晰可辨。凱蒂對那輕巧的動作和豎起的耳朵，感到有些熟悉。

　　下一刻，怪盜從市長的手中搶走了皇冠，隨後跳下舞臺，消失在小巷中。

　　市長一臉驚訝，一陣震驚的低語也在人群中蔓延開來。

「皇冠到哪去了？」凱蒂附近的一位女士問。

「我覺得皇冠被人偷走了！」旁邊的男士驚呼。

遊行隊伍忽然停了下來，提著燈籠的孩子們碰撞成一團。其中一些孩子指著市長，將皇冠不見的壞消息告訴其他人，一個拿著恐龍燈籠的小男孩因此哭了起來。

「不只是皇冠，」一位女士大聲說：「我的手提包也被搶走了！」

「還有我的手錶！」一名男子大喊：「也許今晚這裡有一群強盜。」

人群的嘈雜聲愈來愈大，凱蒂的班導師走上臺階，急匆匆的和市長交談。

最後，市長走向人群，舉手示意大家安靜，「請各位保持冷靜！我不知道我們美好的慶典發生了什麼事情，但我會盡力查明真相。」

凱蒂的心砰砰直跳。除了她之外，沒有人真的看到怪盜。

她必須找到那個怪盜，把皇冠拿回來！凱蒂緊盯著怪盜逃進的那條小巷，將她的超能英雄面罩重新調整好，接著朝黑暗奔去。

4

凱蒂在小巷奔跑，人們的喧囂聲逐漸消散。她停在巷子裡的每個轉角處仔細聆聽，不放過任何聲音——微風輕輕吹過月光照耀的街道，遠處傳來貓頭鷹的咕咕叫聲，還有一團落葉在夜風中飛舞。

這時，一陣急促的腳步聲，從不遠處的另一條小巷傳來。凱蒂跟著前進，在心中期望那微弱的聲響是怪盜發出來的。

她在迷宮般的巷弄間穿梭。那個腳步聲時不時停下來，凱蒂便也跟著停下腳步；只有在不被察覺的情況下，凱蒂才比較有機會捉住怪盜。

接下來，小巷通往一條滿是商店和餐廳的寬闊道路。閃爍在商店櫥窗上的月光，就好像冰霜一樣。

　　一家咖啡館的窗戶上掛著一個牌子，寫著「全天供應美味湯品和麵點」。

　　而出現在凱蒂眼前、全哈倫市最高的建築「哈倫奇蹟塔」，就像是昂然矗立在夜空中的石頭巨人。

　　凱蒂等了又等，卻再也沒有聽到腳步聲。

怪盜是否已經察覺自己正在被跟蹤？他是否又躲進了某個黑暗的角落？

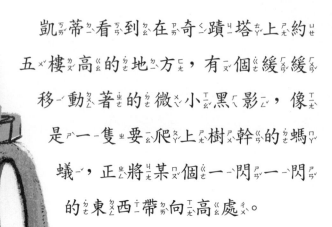

凱蒂看到在奇蹟塔上約五樓高的地方，有個緩緩移動著的微小黑影，像是一隻要爬上樹幹的螞蟻，正將某個一閃一閃的東西帶向高處。

她目瞪口呆的凝視著。那個怪盜因為位在高處，所以顯得很渺小，而那閃亮的光芒，正是來自皇冠上那顆星星。

凱蒂的心跳加速，她知道她的超能力會幫助她⋯⋯

64

但是，她真的想爬上那麼高的地方嗎？

奇蹟塔非常巨大，塔頂上有一間「雲端餐廳」，再往上是一根伸向天空的金屬無線電天線，凱蒂可以看到天線頂端那顆紅警示燈，正不停閃爍著。

她打了個冷顫，也許就連對於擁有超能力的人來說，這座塔都太高了。但被偷走的手提包和項鍊必須回到它們的主人身邊才行……而且，如果沒有獎品，燈籠比賽要怎麼進行呢？

凱蒂想起了同學們失望的表情，急忙走到塔底，開始攀爬。

凱蒂必須努力在光滑的石造建築上，找到能夠抓握跟踩踏的支撐點。她爬得愈高，風也跟著變得愈強。

正當怪盜跳進六樓一扇敞開的窗戶時，凱蒂恰巧抬起頭。那個怪盜肯定是打算躲在塔裡的某個地方。

凱蒂跟著爬到六樓，從同一扇窗戶進去。她站在樓梯間，見到長長的臺階往上下延伸。突然間，在她頭頂響起了急促的腳步聲。

凱蒂努力保持安靜，悄悄沿著樓梯一階一階往上走。

階梯不斷蜿蜒而上，彷彿沒有盡頭。凱蒂數著樓層……九、十、十一……二十四、二十五、二十六……大約到了四十樓左右，她已經記不清楚自己數到哪裡了。

但不久之後，她便發現自己走到了最後一階階梯。頂樓有一扇富麗堂皇的大門，門上以金色的大字寫著「雲端餐廳」。

雲端餐廳

凱蒂遲疑了一下。怪盜肯定在裡面。

　　就在她靠近大門時，餐廳裡突然傳來嗡嗡聲。凱蒂小心翼翼的打開門，看見一隻優雅的黑色母貓，正坐在吧檯前的凳子上。她不斷搖擺著她的長尾巴，用一根紅色條紋吸管，喝著高腳杯裡的飲料。

　　而金色皇冠、手提包和其他所有被偷走的寶物，全都放在吧檯的桌面上。

凱蒂嚇了一跳。原來怪盜是一隻貓！這就是她能輕鬆爬上房屋，還能如此靈活的在屋頂之間跳躍的原因。

凱蒂不得不承認，這隻貓咪怪盜是她見過的最敏捷、但也最狡猾的生物之一。而現在，她竟然還好意思在破壞遊行之後，愜意的坐在那裡享受！

凱蒂悄悄接近怪盜，接著撲向前去，在怪盜逃跑之前抓住了她。

怪盜驚訝的跳了起來，飲料噴灑在吧檯上，「嘿，你搞什麼鬼啊？你哪位？」

「我叫凱蒂，我來拿回你偷走的所有東西！」凱蒂說：「你應該要覺得羞愧才對。」

說完，凱蒂把貓咪怪盜轉向自己，摘下了她的面具。面具下是一對優雅的鬍鬚、一個可愛的黑色鼻子，和一雙調皮的琥珀色眼睛。

「被你逮到了！這可真是前所未有的事呢。順道一提，我叫道琪！」那隻貓咧嘴笑了笑，伸出一隻毛茸茸的黑色爪子，尾巴優雅的擺動著。

凱蒂皺起了眉頭，這隻貓似乎一點都不介意自己被抓到。為什麼她看起來既不生氣，甚至也不內疚呢？

道琪再次舉起杯子，用吸管咕嚕咕嚕的喝著，「凱蒂，如果你也想喝飲料的話，我可以幫你做一杯喔。我愛死芒果魚冰沙了！」

情況完全出乎凱蒂的意料之外，她搖了搖頭，開口問：「你來這裡做什麼？你打算偷這間餐廳裡的東西嗎？」

「我住在這裡啊！廚師讓我睡在桌子底下，有時候客人也會餵我吃他們的雞肉或魚。我喜歡待在高處，那讓我覺得我好像無所不能！」道琪蹦蹦跳跳的跑到窗邊，向在城市上方微笑的明亮滿月揮了揮爪子，

「看見沒？這是這座城市最美的景色了！」

凱蒂跟著她走到窗邊。

整座哈倫市一覽無遺的展現在

眼前，成千上萬的燈光閃爍著，

就像一張閃閃發亮的地毯。

她勉強能認出她家附近的公園，

以及她第一次遇到小南瓜的鐘塔。

月光下的城市，呈現出神奇的

銀色光景。

「嘿，你該跟我一起住在這裡！」道琪繼續說：「這個地方棒透了，而且你還擁有所有跟我成為搭檔所需要的貓咪技能。」

「你說得沒錯，這裡的確很棒。」凱蒂回答：「但是我已經擁有自己的貓咪夥伴了，而且我們的任務是幫助人們，不是傷害他們。」

道琪哼了一聲，「那聽起來也太無聊了吧！」

「一點也不無聊，那很重要。

我也絕對不會偷任何東西。難道你沒發現今天晚上你讓多少人傷心嗎？」

道琪甩了甩尾巴，「什麼意思？我不過就是尋點開心嘛。」

「偷別人的東西，可不是什麼值得開心的事。」凱蒂嚴肅的說：「那位戴紅寶石項鍊的女士說，那是她的先生在他們結婚那天送給她的禮物，對她來說意義非凡。」

道琪看起來有一點沮喪，但她的那雙琥珀色的眼睛，很快又亮了起來。

「那你覺得這樣如何？」她蹦蹦跳跳的回到吧檯，將那頂皇冠戴在頭上，「這玩意兒不屬於任何人，你看它戴在我頭上有多好看！我就留著這個吧。」皇冠歪斜的掛在她的黑色耳朵上。

凱蒂本來想笑，但她克制住了，「你最糟糕的行為就是偷走那頂皇冠！它本來是光之慶典結束時要頒發的獎品，很多孩子會因為它不見而感到非常失望。」

　　「真是愚蠢至極！我覺得你只是想破壞我所有的興致。」道琪氣呼呼的大叫，生氣的瞪了凱蒂一眼。她抓起所有的戰利品，從餐廳的大門衝了出去。

5

凱蒂趕緊追了上去，但那隻狡
猾的貓咪怪盜早就不見蹤影。

　她連忙下樓尋找道琪，但當她
半途停下來、仔細聆聽周圍的聲
音時，卻發現四周寂靜無聲。

　道琪怎麼有辦法這麼快就消

失ㄕ呢ㄋㄜ˙？

　　凱ㄎㄞˇ蒂ㄉㄧˋ花ㄏㄨㄚ了ㄌㄜ˙相ㄒㄧㄤ當ㄉㄤ長ㄔㄤˊ的ㄉㄜ˙時ㄕˊ間ㄐㄧㄢ才ㄘㄞˊ抵ㄉㄧˇ達ㄉㄚˊ一ㄧ樓ㄌㄡˊ，而ㄦˊ就ㄐㄧㄡˋ在ㄗㄞˋ她ㄊㄚ到ㄉㄠˋ達ㄉㄚˊ的ㄉㄜ˙同ㄊㄨㄥˊ時ㄕˊ，電ㄉㄧㄢˋ梯ㄊㄧ門ㄇㄣ正ㄓㄥˋ好ㄏㄠˇ關ㄍㄨㄢ上ㄕㄤˋ。道ㄉㄠˋ琪ㄑㄧˊ肯ㄎㄣˇ定ㄉㄧㄥˋ是ㄕˋ利ㄌㄧˋ用ㄩㄥˋ電ㄉㄧㄢˋ梯ㄊㄧ下ㄒㄧㄚˋ樓ㄌㄡˊ，隨ㄙㄨㄟˊ後ㄏㄡˋ便ㄅㄧㄢˋ遁ㄉㄨㄣˋ入ㄖㄨˋ黑ㄏㄟ夜ㄧㄝˋ之ㄓ中ㄓㄨㄥ了ㄌㄜ˙。

　　凱ㄎㄞˇ蒂ㄉㄧˋ打ㄉㄚˇ開ㄎㄞ窗ㄔㄨㄤ戶ㄏㄨˋ，爬ㄆㄚˊ到ㄉㄠˋ人ㄖㄣˊ行ㄒㄧㄥˊ道ㄉㄠˋ上ㄕㄤˋ。這ㄓㄜˋ時ㄕˊ有ㄧㄡˇ一ㄧ朵ㄉㄨㄛˇ雲ㄩㄣˊ遮ㄓㄜ住ㄓㄨˋ了ㄌㄜ˙月ㄩㄝˋ亮ㄌㄧㄤˋ，讓ㄖㄤˋ街ㄐㄧㄝ道ㄉㄠˋ變ㄅㄧㄢˋ得ㄉㄜ˙更ㄍㄥˋ加ㄐㄧㄚ黑ㄏㄟ暗ㄢˋ了ㄌㄜ˙。

　　她ㄊㄚ皺ㄓㄡˋ起ㄑㄧˇ眉ㄇㄟˊ頭ㄊㄡˊ，看ㄎㄢˋ著ㄓㄜ˙空ㄎㄨㄥ蕩ㄉㄤˋ蕩ㄉㄤˋ的ㄉㄜ˙道ㄉㄠˋ路ㄌㄨˋ，內ㄋㄟˋ心ㄒㄧㄣ深ㄕㄣ處ㄔㄨˋ的ㄉㄜ˙某ㄇㄡˇ種ㄓㄨㄥˇ預ㄩˋ感ㄍㄢˇ，促ㄘㄨˋ使ㄕˇ她ㄊㄚ往ㄨㄤˇ慶ㄑㄧㄥˋ典ㄉㄧㄢˇ遊ㄧㄡˊ行ㄒㄧㄥˊ隊ㄉㄨㄟˋ伍ㄨˇ所ㄙㄨㄛˇ在ㄗㄞˋ的ㄉㄜ˙小ㄒㄧㄠˇ巷ㄒㄧㄤˋ前ㄑㄧㄢˊ進ㄐㄧㄣˋ。

在原先人潮擁擠的街道上，喧鬧聲和笑聲都已經消失了。

遊行隊伍中的孩子們提著燈籠，垂頭喪氣的站在舞臺附近等待。一群老師則聚集在舞臺上與市長交談著。

就在凱蒂走到小巷的盡頭時，一個影子突然跳了出來。

「我就知道你在跟蹤我！你又要來掃我的興嗎？」道琪一臉不悅，金色的皇冠仍然歪歪的戴在她的頭上。

「道琪，你聽我說！」凱蒂說：「偷東西一點都不有趣，只會

讓別人都感到難過而已。你看到那邊那位女士了嗎？她就是被你偷走手提包的人。」

道琪看向那位正在擦眼淚的女士。

「再看看我的朋友！」凱蒂繼續說：「他們為了贏得比賽，花了很多時間製作燈籠。在獎品被搶走之前，他們都玩得非常開心。」

凱蒂的同學們正在擔心的四處張望，害怕怪盜可能隨時會回來。

「他們現在看起來，像是玩得很開心的樣子嗎？」凱蒂加重了口氣。

道琪注視著他們，臉上露出了愧疚的神情，「不像！凱蒂，對不起。我今天晚上離開奇蹟塔，只是想要進行一場冒險。我熱愛測試我那了不起的貓賊本領，所以我把偷走慶典的獎品，當成給自己的挑戰！」

　　她順了順自己光滑的黑色毛髮，「不過，真的來到慶典之後，我突然覺得在沒人注意的情況下，拿走他們的東西好像很好玩。我沒有想到這會造成別人的痛苦。」

「也許我們可以一起彌補這一切。」凱蒂提議。

道琪摸了摸鬍鬚，「好吧！但是我們該怎麼做呢？」

「我們只要把你拿走的東西物歸原主就行了……如果我們運用我們的貓咪技能來做這件事，你一樣會覺得很好玩的。」凱蒂解釋：「來看看我們誰能最快把這些貴重物品，還給它們的主人！」

道琪的眼睛亮了起來，「你的挑戰我接下了！我絕對會贏過你。」

凱蒂拿起那位女士的手提包和男士的手錶，迅速穿過街道。

道琪則抓著紅寶石項鍊和那頂金色皇冠，在凱蒂身後飛快追趕。

「最後一個完成的，就是慢吞吞的貓！」道琪大喊：「對了，把東西還回去的時候，也不能讓任何人看見！」

「放馬過來吧！」凱蒂大喊回去，接著穿過人群，將被偷走的手提包，輕輕掛回那位女士的肩膀上。

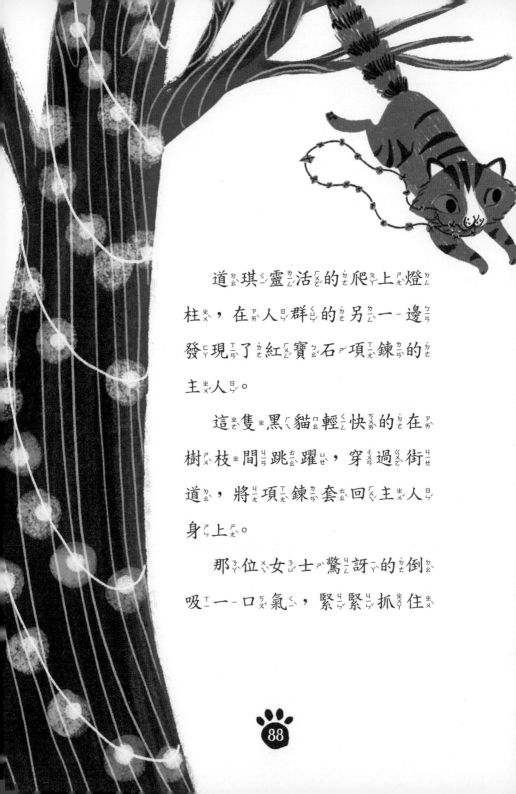

道(ㄉㄠˋ)琪(ㄑㄧˊ)靈(ㄌㄧㄥˊ)活(ㄏㄨㄛˊ)的(ㄉㄜ˙)爬(ㄆㄚˊ)上(ㄕㄤˋ)燈(ㄉㄥ)柱(ㄓㄨˋ)，在(ㄗㄞˋ)人(ㄖㄣˊ)群(ㄑㄩㄣˊ)的(ㄉㄜ˙)另(ㄌㄧㄥˋ)一(ㄧ)邊(ㄅㄧㄢ)發(ㄈㄚ)現(ㄒㄧㄢˋ)了(ㄌㄜ˙)紅(ㄏㄨㄥˊ)寶(ㄅㄠˇ)石(ㄕˊ)項(ㄒㄧㄤˋ)鍊(ㄌㄧㄢˋ)的(ㄉㄜ˙)主(ㄓㄨˇ)人(ㄖㄣˊ)。

這(ㄓㄜˋ)隻(ㄓ)黑(ㄏㄟ)貓(ㄇㄠ)輕(ㄑㄧㄥ)快(ㄎㄨㄞˋ)的(ㄉㄜ˙)在(ㄗㄞˋ)樹(ㄕㄨˋ)枝(ㄓ)間(ㄐㄧㄢ)跳(ㄊㄧㄠˋ)躍(ㄩㄝˋ)，穿(ㄔㄨㄢ)過(ㄍㄨㄛˋ)街(ㄐㄧㄝ)道(ㄉㄠˋ)，將(ㄐㄧㄤ)項(ㄒㄧㄤˋ)鍊(ㄌㄧㄢˋ)套(ㄊㄠˋ)回(ㄏㄨㄟˊ)主(ㄓㄨˇ)人(ㄖㄣˊ)身(ㄕㄣ)上(ㄕㄤˋ)。

那(ㄋㄚˋ)位(ㄨㄟˋ)女(ㄋㄩˇ)士(ㄕˋ)驚(ㄐㄧㄥ)訝(ㄧㄚˋ)的(ㄉㄜ˙)倒(ㄉㄠˋ)吸(ㄒㄧ)一(ㄧ)口(ㄎㄡˇ)氣(ㄑㄧˋ)，緊(ㄐㄧㄣˇ)緊(ㄐㄧㄣˇ)抓(ㄓㄨㄚ)住(ㄓㄨˋ)

那一串紅寶石，「我的項鍊！它是從哪裡冒出來的？」

她身邊的男士指著錯誤的方向說：「我好像看見那邊有個影子在晃動！」

「真是難以置信！」女士繼續說：「它就像魔法一樣突然出現了。」

道琪咧嘴一笑，悄悄溜進附近巷子的暗處。

凱蒂也輕巧的把手錶戴回了男士的手腕上。她發現道琪正偷偷溜到人群前方的舞臺上，這隻狡猾的黑貓將皇冠放在桌子上，隨即就像月光下的陰影般消失無蹤。

不久後，道琪再度出現在凱蒂身邊，笑得十分開心，「這真的好玩極了！但你覺得他們會發現我已經把皇冠放回去了嗎？」

凱蒂笑了笑。市長和老師們仍忙著彼此交談，沒有任何人注意到獎品就放在舞臺中央的桌子上。

沒多久，有個孩子看到了皇冠，接著一陣歡呼聲響起，興奮的嘈雜聲迅速在人群間傳了開來。

「獎品找到了！」一位黑髮女士說：「是不是很神奇？」

「這的確是好消息。」她旁邊的男士回答：「我討厭看到孩子們失望的表情。」

「我就知道我是一隻很厲害的貓，而且我還贏了我們的比賽！我早料到我是最快的！」道琪跳著勝利之舞，在凱蒂面前搖動尾巴。

「呃，其實……」凱蒂正要解釋她是第一個完成的，但是她馬上閉上嘴巴。

她隱約覺得道琪可能不太能接受自己輸了，將錯就錯似乎也能讓這隻貓咪怪盜甘願歸還失物，於是說：「我真以你為榮！你想要留下來看他們頒發最佳燈籠獎嗎？」

「我想還是算了。」道琪的尾巴不安的搖晃著，「時間還早，也許還有其他冒險在別的地方等著我！」

凱蒂皺了皺眉頭，「你不會再偷東西了吧？別忘了，為人們帶來歡樂的感覺，比那好太多了。」

「當然，我會記住的！」道琪眨了眨雙眼，整理好她的鬍鬚，「凱蒂，希望有一天我能再見到你。如果你哪天想試一下芒果魚冰沙，歡迎來雲端餐廳找我！」

「謝謝，我會的！道琪，好好保重喔。」說完，凱蒂便目送那隻優雅的黑貓飛快的跑進人群當中。道琪朝著她露出一個大大的笑容，揮了揮前掌，她的琥珀色眼睛閃爍著光芒，接著便悄悄溜進了一條小巷裡。

凱蒂微笑著揮手回應。她在沒有貓咪夥伴的幫助下，獨立完成了一場冒險任務。她迫不及待想告訴媽媽所有事情了！

看見市長拿著皇冠走到舞臺前方，凱蒂變得既興奮又緊張。

看來頒獎典禮就要開始了！

6

　　凱蒂飛快的衝回班上，跟同學們站在一起。「謝謝你幫忙保管我的燈籠！」她向艾蜜莉致謝。

　　「不客氣！」艾蜜莉回答：「你有看到嗎？皇冠終於找回來了。」

　　凱蒂點點頭，在心裡暗自笑著。

就在這時，市長開始致詞：「女士、先生們！我很高興我們的獎品已經平安無事的回來了，在此衷心感謝所有協助找回它的人。現在我將宣布燈籠比賽的冠軍。」

人們開始竊竊私語，每個人都熱切的注視著市長。

「我們的評審很仔細的審查每個燈籠，」市長繼續說：「今年有很多優異的作品，讓評選的難度提高不少。最終我們決定將今年的冠軍頒給……艾蜜莉・桑契斯的蝴蝶燈籠！」

熱烈的掌聲響起，凱蒂班上的所有同學全都歡聲雷動，讓艾蜜莉羞紅了臉。

　　「快去吧！」凱蒂催促著她的朋友，「你得上臺去領獎品。」

　　艾蜜莉走上臺階，跟市長握手，接著，她高舉她的紫色蝴蝶燈籠，展示鑲有銀邊的翅膀，好讓大家可以清楚看見。

　　眾人用力鼓掌，市長將金色的皇冠戴到艾蜜莉的頭上，對她說：「這獎品是你的了！你的燈籠不但美麗又充滿想像力，做得真是棒極了。」

凱蒂笑著為好朋友歡呼；她一直以來都認為，艾蜜莉的燈籠是最出色的！

突然，她感覺有人輕輕拍了拍她的肩膀，轉身一看，發現媽媽就站在她身後。

　　「媽咪，你來了！」她笑著對媽媽說：「看！艾蜜莉贏得了燈籠比賽。」

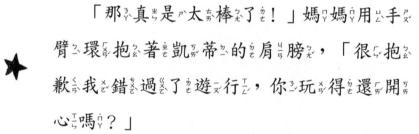

　　「那真是太棒了！」媽媽用手臂環抱著凱蒂的肩膀，「很抱歉我錯過了遊行，你玩得還開心嗎？」

　　「對，今晚真的很刺激！」凱蒂對媽媽說：「慶典的獎品突然被偷走了，我只好去追那個怪

102

盜，才順利把它找回來。」

「天哪！我真想聽聽你的冒險故事！」媽媽說。

母女倆於是一起離開人群，爬上附近的屋頂。彩帶在下方的路燈燈柱上飄揚，各種燈籠在黑暗中發出明亮的光芒。

「我們去找個視野好的地方吧。」媽媽說：「煙火馬上就要開始了。」

就在煙火在天空炸開的同時，她們找到了一個煙囪旁邊的舒適位置。

金色和銀色的火花噴湧入空中，再像閃亮的雨滴般落下。

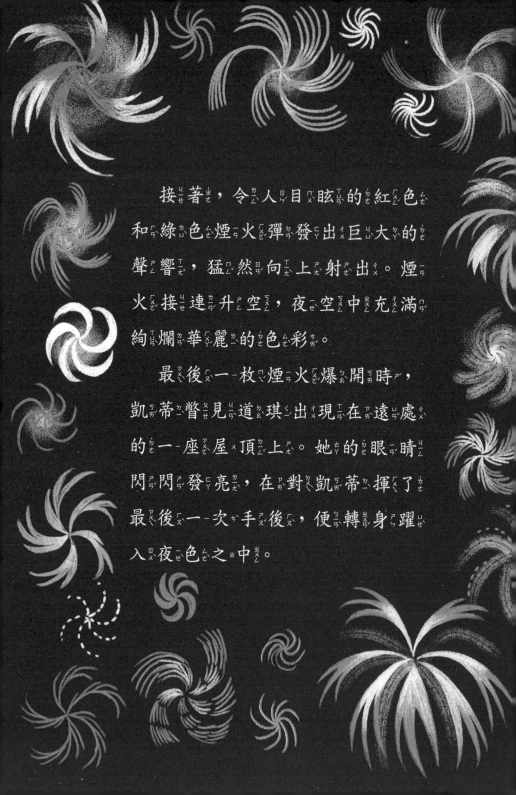

接著，令人目眩的紅色和綠色煙火彈發出巨大的聲響，猛然向上射出。煙火接連升空，夜空中充滿絢爛華麗的色彩。

最後一枚煙火爆開時，凱蒂瞥見道琪出現在遠處的一座屋頂上。她的眼睛閃閃發亮，在對凱蒂揮了最後一次手後，便轉身躍入夜色之中。

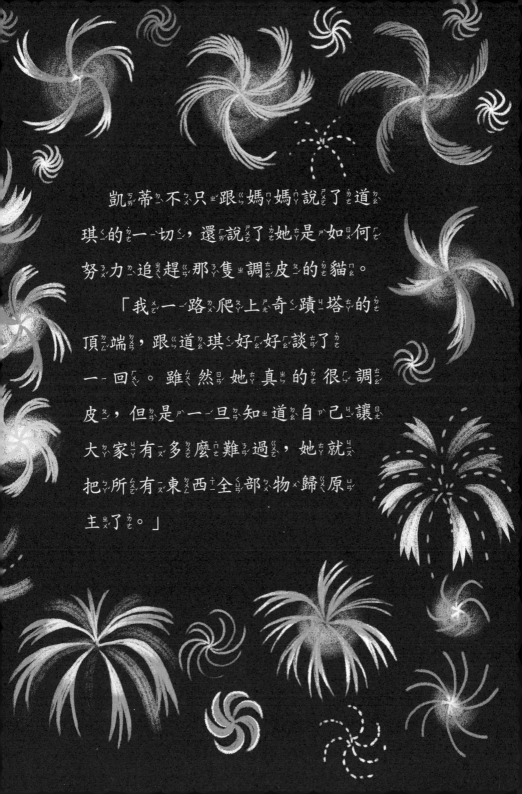

　　凱蒂不只跟媽媽說了道
琪的一切，還說了她是如何
努力追趕那隻調皮的貓。
　　「我一路爬上奇蹟塔的
頂端，跟道琪好好談了
一回。雖然她真的很調
皮，但是一旦知道自己讓
大家有多麼難過，她就
把所有東西全部物歸原
主了。」

「做得好！」媽媽緊緊擁抱凱蒂，「要獨自一個人完成任務肯定不容易，我真以你為榮！回家後，你想來杯加上棉花糖的熱巧克力嗎？」

「當然！」凱蒂看著最後一發煙火像一串流星劃過夜空，接著

就和媽媽一同跳躍在月光照耀的屋頂上，朝著家的方向前進。

在家裡等待她的是熱巧克力、小南瓜，還有舒適的床。冒險出任務雖然刺激又令人興奮，但結束後回到溫暖的家，更是加倍的幸福！

超能貓咪
小學堂

飛毛腿

貓咪碰上狗會咻一下的溜走。你看過這場景嗎？看過的話，就能了解貓咪跑得超快，速度可達一小時四十八公里！

順風耳

貓咪的聽力敏銳無比，還能轉動雙耳，偵測聲音從哪裡來。再微弱的聲音，都逃不過貓咪的耳朵！

瞬間反射

你聽說過貓咪著地時，一定是穩穩的四腳著地嗎？據說這是因為貓咪有很敏捷的反射力，從高處掉下來的時候，瞬間就能反應過來，知道該怎麼調整姿勢，才能安全落地。

一躍千里

貓咪一跳，距離可超過兩百四十公分。這是牠們強壯的後腿肌肉的功勞。

千里眼

貓咪夜視能力超強，即便光線微弱，牠們也能看得一清二楚，所以才能在黑漆漆的夜晚狩獵。

好鼻師

貓咪的嗅覺超靈敏，敏銳度是人類的十四倍。而且，貓咪的鼻紋就像人類的指紋一樣，每隻貓的鼻紋都是獨一無二的。